# ESSAI

## DE POËME

## SUR L'ESPRIT.

M. DCC. LVII.

# A MADAME ***.

ORPHISE ! au Goût charmant de la jeune Zaïde,
Quand on réuniroit le Jugement solide,
La Mémoire fidelle, & le Don d'exprimer
Ce que produit un feu qui sçait tout animer ;
Quand les Graces joindroient à leur troupe riante
L'Imagination noble, vive & brillante ;
Enfin, quand de L'ESPRIT on prendroit tous ces traits,
On ne dépeindroit pas encor tous vos Attraits.

# ESSAI
## DE POËME
## SUR L'ESPRIT.

*PREMIER CHANT.*

L'Esprit, ce beau rayon de la Divinité,
Eleve les humains à l'Immortalité :
Par lui les noms fameux, confacrés dans l'Hiftoire,
Des Sages, des Héros, éternifent la gloire ;
Il mefure la Terre, il pénétre les Cieux ;
Par lui tout l'Univers eft préfent à nos yeux.

Mais, des traits de ce feu, les divers affemblages
Forment autant d'Efprits que de divers vifages :
Le Sexe, la Fortune, où les Temps, ou les Lieux
Changent, à l'infini, ces traits capricieux :
Vous chercherez en vain un air pareil au vôtre,
Ou, parmi tant d'Efprits, un feul conforme à l'autre :
Conftante en fes projets, volage dans fes jeux,
La Nature fe plaît à s'égarer entr'eux.
Le beau Sexe, toujours, fait briller dans fon ame
De ce préfent des Cieux la plus fubtile flamme.

A

Mais son essor plus vif n'en prend que les attraits,
Il ne veut qu'effleurer sans frapper les objets.

Ainsi qu'une cascade, & légere & brillante,
Dans des vallons fleuris, précipite sa pente;
Tantôt ses flots unis baignent les gazons verds,
Tantôt sur les rochers volent ses flots légers :
Ainsi l'esprit du Sexe, amusant, prompt, aimable,
Présente à chaque instant un spectacle adorable ;
Il charme, il éblouit par sa vivacité ;
Et l'art, le plus souvent, ajoute à sa beauté.

L'homme fut enrichi d'un plus vaste génie.
En lui, la promptitude à la force est unie.
Tel un fleuve profond, d'un cours majestueux ;
De l'aurore au couchant, porte ses flots nombreux ;
Sur ses bords fortunés, tous les mortels se rendent,
Une Cité s'éleve, & ses eaux la défendent ;
Favorable au trafic, utile aux voyageurs,
Ses rivages souvent sont couronnés de fleurs.

Ainsi l'Esprit de l'homme, aimable & nécessaire,
Est solide, est brillant, est utile, & sçait plaire.

Mais le Destin toujours varia les talens ;
Et ces Esprits entr'eux sont encor différens.

L'un, au premier abord saisit une pensée
Qui, par un autre objet, est soudain effacée ;
Celui-ci, plus profond dans ses raisonnemens,
Ne pense pas d'abord, mais pense plus longtemps.
D'autres, environnés d'une épaisse fumée,
Dans un noir labyrinthe, ont leur ame enfermée ;
D'autres, beaucoup trop vifs, sans ordre ni sans choix,
Parcourent à l'instant mille objets à la fois.

# *PREMIER CHANT.*

Telle eſt de nos Eſprits la plus commune idée.

Que par l'étude & l'art leur force ſoit guidée.
Que celui dont l'Eſprit trop prompt, trop excité
Par un premier objet, n'eſt jamais arrêté,
Travaille à ralentir la flamme qui l'anime.
Un Eſprit plus tranquille eſt plus digne d'eſtime ;
Mais qu'il ne laiſſe pas attendre trop longtemps
Ce qu'on doit eſpérer de ſes froids mouvemens.
Ces deux ſortes d'Eſprits, ſympatiſans enſemble
Dans le monde, ſouvent l'amitié les raſſemble.

L'eau perce avec le temps le rocher le plus dur ;
Rien ne peut éclairer un Eſprit trop obſcur :
De ſon être, l'étude abſorbera le reſte ;
Et ne laiſſera plus, dans l'amas indigeſte
De vingt *in-folio* par lui relus vingt fois,
Qu'un Encyclopédiſte étouffé ſous le poids.
Au ſurplus, figuré tout ainſi que nous ſommes,
Il eſt avec bonté reçu parmi les hommes ;
Son corps parle, vegete ; il vit, il eſt heureux.
Qu'il n'aille pas au moins porter trop loin ſes vœux ;
Faire l'homme de goût, le brillant, le capable ;
Ou qu'il craigne le ſort de l'*Ane de la Fable**,
Qui, voyant careſſer un joli chien chéri,
Crut qu'en donnant la patte il ſçauroit plaire auſſi ;
Et vit tous ſes talens pour la galanterie,
A grands coups de bâtons, conduits à l'écurie.
Quand j'en aurois la clef, je les y laiſſerois :
Paſſons, & parcourons de plus rians objets.

Quel eſt votre bonheur, vous Eſprits trop fertiles!
Banniſſez ſeulement les objets inutiles ;

* La Fontaine, Liv. IV, Fab. V.

Et, fi vous voulez plaire & triompher toujours,
Que fans ceffe *le Goût* vous donne fon fecours.
Ce Dieu regne aifément au fein de l'abondance
De ces tréfors divers que l'Efprit vous difpenfe:
Mais il faut, pour charmer, fuivre toujours fes Loix.

Sur les rives de l'Inde, un Sultan autrefois
Enrichit fon Serrail de deux jeunes Captives.
Epris, fans paffion, de leurs graces naïves,
Il admiroit leur air, leurs appas, leur beauté;
Mais de tous ces attraits le Sultan enchanté
Vouloit unir l'amour & la délicateffe,
Vouloit que le Goût feul fit naître la tendreffe.

Un matin, que l'Aurore avoit, du haut des Cieux,
Repandu de fes pleurs le tribut précieux,
Dans ces momens du jour, où tout ce qui refpire
Rend fon premier hommage à l'amour qui l'infpire;
Le Monarque apperçut ces deux jeunes objets
Contempler, en rêvant, les jardins du Palais.
Il les aborde, & dit à ce couple timide :
» Adorable Aménie, & vous, jeune Zaïde,
» Vous rêvez tendrement ? Vous aimez, je le voi.
» Vous n'étiez pas encor dans ces lieux fous ma loi,
» Quelqu'amant vous charmoit, votre cœur le regrette ?
Chacune, en rougiffant, avoua fa défaite.
» Belles ( dit le Sultan ) fenfible à vos defirs
» Je veux, de les flatter, faire tous mes plaifirs.
» Vous voyez les contours de ce vafte parterre,
» Confidérez ces fleurs qui couronnent la terre;
» Que chacune de vous coure, dans ce moment,
« Amaffer ces tréfors pour fon fidéle amant;
» De votre fouvenir qu'ils reçoivent ce gage;
» De le faire tenir, moi-même je m'engage.

» Mais avant un quart-d'heure hâtez votre retour ;
» Pour eux je veux juger du prix de votre amour «.

A peine ce difcours a frappé leurs oreilles ,
Elles volent , ainfi que deux jeunes abeilles ;
Et chacune , au Sultan , dans le terme donné ,
Vient montrer le préfent à l'amant deftiné.
De fleurs de toute forte , Aménie entourée ,
A toutes , dans fes mains , avoit permis l'entrée ;
Et fans nombre & fans art fon tablier rempli ,
Préfentoit un monceau de fleurs mal afforti.

Zaïde , à fon amant , deftinoit pour offrande
Et montroit au Sultan une fimple guirlande ,
Tiffu noble & choifi , formé de peu de fleurs ,
Mais dont un goût charmant marioit les couleurs.
» Ah ! lui dit le Sultan , trop aimable Zaïde ,
» Quel goût tout naturel à vos travaux préfide !
» Je juge cet amant que vous avez charmé ,
» Etant choifi par vous , trop digne d'être aimé :
» Que l'hymen , avec lui , vous donne un fort tranquille ;
» Et que ces beaux jardins , qui feront votre afyle ,
» Vous rappellent toujours ce choix , ce goût flatteur
» Par qui vous méritez un fi parfait bonheur.

L'hiftoire ne dit point par quelle récompenfe
Le généreux Sultan paya la diligence ,
Et les foins qu'au hazard Aménie avoit pris :
La liberté , fans doute , en dut être le prix.
Le feul point eft de voir , par cet heureux exemple ,
Quels biens le Dieu du Goût nous promet dans fon Temple.

*Fin du premier Chant.*

A iij.

## SECOND CHANT.

Chez les Mortels, l'Esprit dépend toujours du corps ;
L'un, sans cesse, de l'autre anime les ressorts.
Ainsi par les dehors, la taille & la figure,
On peut voir dans chacun quelle en est la mesure.

Dans un corps plus petit, le sang plus agité
Produit la promptitude & la vivacité ;
Dans un plus grand, le sang plus lentement s'excite,
L'Esprit plus aisément refléchit & médite.

Son éclat très-souvent s'unit à la Beauté.
Mais les plaisirs du monde & son oisiveté
Laissent alors languir sa flamme la plus pure,
Quand, moins bien partagés des dons de la Nature,
Des corps moins bien formés, plus foibles, moins parfaits,
D'un génie éclatant font briller les attraits.
Ces derniers, tous à lui, le cultivent sans cesse,
Quand les autres, livrés au luxe, à la mollesse,
Négligent ce trésor, qu'on ne se peut donner,
Mais qui peut, par nos soins, & s'accroître & s'orner.
Il n'est que le pouvoir de saisir, de comprendre
Tout ce que dans l'instant on veut lui faire entendre ;
De voir, par la maniere, ou le geste, ou le ton,
Si ce qu'on lui présente est sérieux ou non.
De là naît, sur le champ, la vive repartie,
L'admirable impromptu, la brillante saillie.
Il faut, pour l'embellir d'attraits toujours nouveaux,
D'une étude solide aimer les doux travaux.
Dans des Livres choisis, les plus simples pensées
Souvent ont donné l'être aux plus grandes idées ;

Et l'Efprit le plus beau s'attendroit vainement
A voir durer fes feux fans aucun aliment.
Une plaine ftérile, oubli de la Nature,
Fleurit par les apprêts, les foins & la culture :
Un champ, l'amour des Cieux, refufe fes moiffons,
Si la main du fermier n'enrichit fes fillons.
Croyons donc que le Temps, la Lecture & l'Etude,
De voir, de penfer jufte, ont formé l'habitude ;
Que la Nature & l'Art, enfemble réunis,
Sur leurs dons féparés auront toujours le prix.

Mais n'affectons jamais un fçavoir mifanthrope ;
Qu'il pare notre Efprit, & non qu'il l'envelope.
L'homme vraiment d'efprit fuit les fombres Docteurs,
Et cherche, du Sçavoir, à montrer les douceurs.
Elevé dans le fein de l'aimable Science,
Il a pris, des Auteurs, la fleur & l'élégance ;
Et de leurs fentimens, nourriffant cet efprit,
Il femble avoir penfé tout ce qu'ils ont écrit.
Il laiffe aux fiers pédans les phrafes ambigues
(Qui d'eux-mêmes, fouvent, ne font pas entendues),
Le *Jargon inconnu*, les *Définitions*,
Les *Argumens en forme*, & les *Citations*.

Ces écueils du Sçavoir rendent moins précieufe
La gloire qui doit fuivre une mémoire heureufe :
Mais chacun de l'Efprit croit poffffder le don.

On conte que Mercure & fon frere Apollon
Firent, tous deux, trafic un certain jour de foire.
(Alors, apparemment, moins gênés par la gloire,
Les Dieux, fans déroger, defcendoient ici bas
Faire ce qu'aux Héros nous ne permettons pas.)
Ces Dieux donc devenus marchands, dit leur hiftoire,
Phébus vendoit l'*Efprit*, Mercure la *Mémoire* ;

Ce dernier fut toujours entouré d'acheteurs,
( *Je ne m'en souviens pas* a bien des sectateurs ).
Apollon, dont l'Esprit étoit la marchandise,
Retourna, sans trouver la moindre chalandise.

Tout Mortel, ici bas, se croit rempli d'Esprit ;
On se dit sans mémoire avec moins de dépit.
Entre les dons du Ciel dont notre ame est parée,
La Mémoire, pourtant, doit être révérée ;
Et montre que l'Esprit, plus prompt & plus ouvert,
A saisi vivement l'objet qui s'est offert.

A l'Esprit vif & juste allions la Parole ;
C'est une aîle légère & sur laquelle il vole ;
Il ne sçauroit agir sur les autres Esprits
Que par l'expression & les termes précis.
Malheureux qui n'emploie, en ses discours frivoles,
Que des mots au hazard & de vaines paroles.
Le bitume enflammé, dans les airs répandu,
Se dissipe en fumée & brille sans vertu :
Dès qu'il est dirigé par l'acier homicide,
Il part avec éclat, & suit l'œil qui le guide.
Ainsi, par des discours & vagues & diffus,
On ne peut exciter qu'un murmure confus :
Si le vrai mot se joint à ce que l'on veut dire,
Il conduit la Pensée au but qu'elle desire.

*Fin du second Chant.*

## TROISIÉME CHANT.

L'Esprit aima toujours l'*Imagination*:
S'il peut prendre l'effor jufqu'à la Fiction,
Sur les objets réels aifément il s'arrête ;
A fuivre leurs détails fa force eft toujours prête ;
Et d'objets inventés un Efprit créateur
Eft de ceux que l'on voit un parfait rédacteur.

En lifant vos récits, *Thalie* ou *Melpomène*,
L'Imagination le porte fur la fcène.
Il y voit vos fujets entrer, parler, agir ;
Leurs geftes, leurs regards à lui fe font fentir ;
Abfent, il voit leur jeu répondre à des faillies
Qu'il juge, en les lifant, dignes d'être applaudies ;
Enfin, voit des Acteurs, peut-être, plus parfaits
Que, préfens à nos yeux, ils ne feroient jamais.

Sans connoître de loix, toujours avec juftefle
L'Imagination doit avoir fa finefle.
De métamorphofer l'être des Elémens,
De ne fçavoir que peindre *un pont de diamans*
Sur *un fleuve de feu* nous donnant un paffage,
De *jonquille* ou d'*azur* nous feindre un payfage,
C'eft changer la Nature, & non pas inventer.
Dans les plus vains Romans prenons foin d'éviter
De telles fictions un amas puérile,
Fruits d'une foible idée & d'un cerveau ftérile.

Mais j'aime *Brandimart* qu'au *Palais dangereux*
*Boyardo* * rend vainqueur d'un Géant monftrueux.
Ce Coloffe, doué d'une force inconnue,
Tient, pour arme, un dragon lui fervant de maffue.

* *Roland amoureux*, Liv. V, Chap. VII.

Frappé d'un premier coup, Brandimart chancelant
Se vange; son épée a fendu le Géant.
Mais à peine ce monstre est tombé sur le sable,
Il devient, à l'instant, un Dragon effroyable,
Et le premier Dragon ( ô! prodige étonnant! )
Le prenant dans ses mains, à son tour, est Géant.
Ce nouveau combattant sous le glaive succombe;
Percé par Brandimart, du coup mortel il tombe:
Vainement ce guerrier le prive encor du jour,
Le corps du Géant mort est Dragon à son tour;
Et le Dragon, prenant une forme nouvelle,
Sous les traits du Géant, au combat le rappelle.
Déjà jusqu'à six fois le Paladin vainqueur,
A vu ce changement étonner sa valeur.

Il imagine alors, & son bras invincible
Eleve enfin ses coups vers le Dragon terrible,
Le coupe en deux; soudain tout le charme est détruit,
Le Géant désarmé ne peut plus nuire; il fuit:
Sa fuite est vaine; atteint du mortel cimetere,
Il tombe, pour toujours privé de la lumiere.

Un Romancier, ainsi, doit unir à propos
La ruse & la valeur en peignant ses Héros;
Et par un dénoûment ingénieux & rare,
Terminer d'un guerrier l'aventure bizarre.

Pour l'amusement seul le Roman inventé,
Doit toujours au Lecteur inspirer la gaîté.
Eloignons de ses yeux les Spectres, les Ténèbres;
L'horreur les suit toujours; & ces objets funèbres
Mieux ils sont exprimés, plus ils sont effrayans.
Mais d'enchanter l'esprit par des objets rians

C'eſt l'effet du hazard : Tout ce qu'on imagine
N'eſt pas Neadarné*, Bibi**, Cabrioline***.
N'allons donc pas plus loin : Quelle préſomption,
De vouloir conſeiller l'Imagination !
Si de guider l'Eſprit il eſt ſi difficile,
De vouloir la conduire eſt un ſoin inutile :
En vain par des avis on prétendroit régir
Ce qu'aucun des humains ne ſçauroit définir.

D'un air plus modéré , le *Jugement* ſolide
Rapproche les objets, examine & décide.
Se meſurant toujours aux forces de l'Eſprit,
Suivant ſon étendue, il céde ou s'enhardit.

Un mortel plus borné, par ſon économie,
Se fixe à s'aſſurer les douceurs de la vie,
Prend ſoin de ſa famille, arrange ſa maiſon ;
Et réglant tous ſes pas au gré de la raiſon,
Il ſe tient conſtamment à l'abri des orages
Qui, d'Eſprits plus hardis, ont cauſé les nauffrages.

Dans un Eſprit plus vaſte, il ſuit les grands projets,
Combine leurs dangers & prévoit leurs ſuccès.
Mais ſouvent, enlevé par un trop fort Génie,
Un mortel a perdu ce guide qui l'oublie ;
Et courant, ſans Bouſſole, écarté loin du Port,
Fait, pour le retrouver, un inutile effort.
C'eſt ce que l'Univers a vu dans tous les âges ;
Les plus brillans Eſprits ne ſont pas les plus ſages.

Dans tout, pour réuſſir , ſuivons le *Jugement* ,
Sans lui , ſouvent l'Eſprit eſt un fatal préſent.

* Dans Tanzaï.
** Dans le Prince Titi.
*** Dans le Prince Soly.

Jufques dans ces foupers, deftinés au grand Monde,
Où le fafte, le goût, la beauté, tout abonde,
Dans un cercle brillant, l'homme d'Efprit placé,
Eft modefte & décent, fans paroître glacé.
Bientôt fon Jugement, qui le guide & l'éclaire,
De tous les conviés lui peint le caractère.
Alors un imprudent, en élevant fa voix,
Seul à tous les difcours voudroit donner des loix.
Le Jugement bannit une auffi folle envie :
Il fçait combien eft craint qui toujours contrarie,
Et que tout en fenêtre on eût fait la maifon
Pour recevoir un homme ayant toujours raifon.

Au beau Sexe, fur-tout, il nous dicte de plaire.
Ce Sexe, digne objet d'un hommage fincère,
Animant l'entretien par quelques heureux mots,
L'homme d'Efprit foutient fes aimables propos ;
Il fçait, à fes yeux même, embellir fa penfée :
Tout le refte du jour, une Belle empreffée
Lui fourit, le prévient, lui fait prefque la cour,
Ses Compagnes iront le vanter à leur tour.
Quand fur de tels appuis fa gloire eft établie,
Bientôt, de tous côtés dans le monde on publie,
*Damon eft homme aimable & de beaucoup d'Efprit,*
*Chez la Ducheffe hier la Marquife le dit.*


*Fin du troifiéme Chant.*

# QUATRIÉME CHANT.

Lorsque l'Ame, en ces lieux, à nos corps eſt unie,
Sa vigueur eſt, par l'âge, accrue ou rallentie.
Un enfant met au jour des diſcours mal conçus,
Le ſtérile vieillard rêve & ne penſe plus.

Son éclat le plus beau brille dans la jeuneſſe.

Préſenté par l'Amour, ſur les bords du Permeſſe,
Cet âge, accompagné des Graces & des Ris,
Devient, du Dieu des Vers, un des chers favoris.
Apollon & l'Amour, pour lui prêter des armes,
Joignent en ſa faveur leurs talens & leurs charmes;
La Raiſon étonnée, écoutant leurs Chanſons,
Fuit, va porter ailleurs ſes auſtères Leçons,
Et ne laiſſe régner, au printemps de la vie,
Que les Amuſemens, les Jeux & la Folie.

Lorſque ce feu trop vif, par le temps modéré,
Préſente à la Raiſon un port plus aſſuré,
De ces charmes du cœur elle nous dédommage:
Il eſt, comme des Soins, des Plaiſirs de tout âge.
L'Eſprit nous offre alors mille & mille tableaux,
Tous variés entr'eux, & tous originaux.
De ces tableaux, le fond eſt un amour extrême
Qu'à chacun la Nature a donné pour lui-même;
Qui le fait adorer tout ce qui vient de lui,
En traitant au plus mal tout ce que fait autrui.

Un Fat, ignorant même à quel point il ennuie,
Eſtime tout ſçavant mauvaiſe compagnie;
Un ſçavant impoli croit qu'un homme, à ſon tour,
S'il ignore l'Algèbre, eſt indigne du jour.

L'Avare, des humains le plus abominable,
N'étant bon que pour lui, se croit pourtant aimable ;
La soif de tout avoir ayant flétri son cœur,
Il est vain, il est fier sans véritable *Honneur.*
Car cet *Honneur,* un jour, dit-on, vint à sa porte,
Et sans entrer, d'abord lui parla de la sorte.

〃 Toujours sombre & caché ! Tremblant, dès que tu crois
〃 Qu'on va te demander, même ce que tu dois !
〃 Dans un air triste & noir cette frayeur te plonge,
〃 Ton œil devient obscur, ton visage s'allonge ;
〃 Et quelqu'un, sans poignard, voulant t'assassiner,
〃 N'auroit qu'à te parler de rendre ou de donner.
〃 Délivre-toi, mon cher, de ce supplice infame
〃 Dont l'amour d'amasser ronge ta petite ame.
〃 Voi cet homme d'honneur ; affable, bienfaisant,
〃 Il donne, & sa maniere ennoblit son présent.
〃 Lorsqu'il ne peut donner, jamais on ne l'accuse ;
〃 Lui seul est mécontent dans l'instant qu'il refuse.

Je cede, dit l'Avare ; oui, c'est le bon parti ;
Honneur, mon cher Honneur, vous m'avez converti.
Dès aujourd'hui, chez moi, j'invite tout le monde :
J'emplis, de mes trésors, une caisse profonde,
Dont les barreaux d'acier, à jour de toutes parts,
Laissent jusqu'à mon or passer tous les regards ;
Mes meubles, mes bijoux brillent en abondance.
Alors chacun frappé d'une telle opulence,
Partout je suis connu, partout je suis vanté,
Je me vois en tous lieux honoré, respecté.....
L'Honneur dit en riant, 〃 Ta fête sera belle !
〃 Adieu, mon cher ; Ailleurs une affaire m'appelle :
〃 Bientôt tous tes amis vont accourir chez toi ;
〃 Ne fais pas retenir une place pour moi.

Ainsi d'un lâche cœur l'Honneur fuit les bassesses,
Mais de l'esprit humain supporte les foiblesses.
Fréquentons nos amis, sans humeur, sans souci :
Ils sont tous contens d'eux, nous devons l'être aussi.
Celui-ci veut rimer? Qu'il rime outre mesure :
L'autre veut censurer? Eh bien soit, qu'il censure.
Que l'esprit soit blessé, dès que le cœur est pur,
De plaire aux gens d'honneur, un homme est toujours sûr.
D'ailleurs, n'a-t-on pas vu la plus juste satire,
Sur les débris d'un mal en élever un pire?
*Moliere*, de l'esprit corrigeant les défauts,
A fait, dans l'autre excès, tomber mille esprits faux.
S'il critique l'orgueil de ses *femmes sçavantes*,
Il seme l'Univers de belles indolentes,
Automates brillans & ne pensant jamais.
Alceste * lit des vers; & les trouvant mauvais,
Dit qu'ils sont aussi bons que ceux qu'il pourroit faire,
Mais que des siens toujours il feroit un mystere :
Aussitôt un *Balourd* vient dire à tous venans,
*J'en pourrois, par malheur, faire d'aussi méchans,*
*Mais je me garderois de les montrer.* Le Traître
S'abuse assurément, & ne feroit pas maître
De montrer de sa part l'œuvre le plus commun,
Bien maître (comme il fait) de n'en produire aucun.
De même *un Satirique* **, en vers ayant sçu dire
*Qu'un Sot trouve toujours un plus sot qui l'admire.*
Vous voyez un Butor, affectant un maintien,
De peur d'être cru Sot, vouloir n'admirer rien.
Il ne sent pas que tout échappant à sa vue,
D'aucun trait de beauté son ame n'est émue,
Et que tout est pour lui sans sel & sans appas,
Ne pouvant trouver bon ce qu'il ne comprend pas.

* Dans le Misanthrope.
** Boileau, Art Poëtique.

Chaque jour, chaque inſtant ſous vos pas en voit naître
Décidans ſans ſçavoir & jugeans ſans connoître,
Chez qui la bouche s'ouvre & la langue ſe meut,
Puis la Penſée après vient tout comme elle peut.

Mais de tous ces tableaux le ſpectacle comique
Ne met qu'un Maladroit dans une humeur cauſtique,
Aimez d'honnêtes gens qui *gratis* viennent tous,
Pour vos menus plaiſirs, ſe préſenter à vous.

*F I N.*